GUÍA DE LECTURA

Escrita por Nadège Nicolas
Traducida por Tamara Montes Blanco

AF302965

Desierto

de J. M. G. Le Clézio

Resumen
Express.com

GUÍA DE LECTURA

Entiende fácilmente la literatura con

ResumenExpress.com

www.resumenexpress.com

J. M. G. LE CLÉZIO

NOVELISTA Y ESCRITOR DE RELATOS FRANCÉS

- **Nacido en 1940 en Niza (Francia)**
- **Algunas de sus obras:**
  - *El proceso verbal* (1963), novela
  - *Desierto* (1980), novela
  - *La música del hambre* (2008), novela

Jean-Marie Gustave Le Clézio nació en Niza en abril de 1940, hijo de padre británico y de madre inglesa, ambos de origen mauriciano. Los primeros años de su vida están marcados no solo por la guerra, sino también por la ausencia de su padre —médico en África—, al que no vuelve a ver hasta los siete años de edad, cuando va a buscarlo. Este viaje es fundamental en la vida del autor, así como sus estancias con los amerindios en Panamá, entre 1970 y 1974.

En 1963, recibe el Premio Renaudot por su primera novela, *El proceso verbal*. Es la primera de una larga serie de obras que van de la novela al relato, pasando por el ensayo o el cuento. En 2008, recibe el Premio Nobel de Literatura.

DESIERTO

EL HOMBRE ENTRE OCCIDENTE Y EL MUNDO ÁRABE

- **Género:** novela
- **Edición de referencia:** Le Clézio, Jean-Marie Gustave. 2008. *Desierto*. Traducción de Alberto Conde. Barcelona: Tusquets
- **Primera edición:** 1980
- **Temáticas:** naturaleza, guerra, dinero, lugar de la mujer, inmigración, pobreza, soledad

Tras su estancia en Panamá, Le Clézio experimenta una profunda evolución que también queda patente en su escritura. Esta, hasta entonces opaca y compleja, se vuelve más tranquila y accesible. *Desierto*, publicada en 1980, simboliza este reconocimiento conjunto del mundo literario y del gran público. La novela mezcla los relatos de dos adolescentes del desierto —Nour y Lalla— con décadas de diferencia, incitando a la reflexión respecto a la relación del hombre con el mundo que le rodea y con sus semejantes.

RESUMEN

Desierto alterna las historias de Nour y de Lalla en un período de unos diez años, desde 1910 hasta 1912: la historia de Nour se desarrolla a comienzos del siglo XX, la de Lalla era contemporánea cuando se publicó el libro, es decir, a comienzos de los años ochenta. En la novela, los capítulos dedicados a Nour están marcados tipográficamente por un sangrado del texto.

LA HISTORIA DE NOUR

La novela se abre con las siluetas de una caravana de nómadas saharianos. Entre ellos se encuentra un adolescente llamado Nour, el hijo del guía. El grupo se dirige a Smara, la ciudad de Ma-el-Ainin, un carismático cheij (hombre respetado por su edad o sus conocimientos). Asimismo, son seguidos por otro gran número de viajeros. Se reúnen todos en la ciudad para debatir sobre la forma de combatir la invasión de los cristianos (franceses y españoles) que los amenazan. Por la noche, una asamblea de guerreros se reúne alrededor del cheij. Nour asiste, de manera anónima, pero el cheij se fija en él. Unos días más tarde, vuelve al lugar de reunión y ahí se encuentra con Ma-el-Ainin. Nour le desvela al gran cheij que, por parte de madre, pertenece al linaje del gran Al Azraq, «el hombre azul», el maestro de Ma-el-Ainin.

A continuación, bajo el mando de Ma-el-Ainin y sus hijos, los nómadas se dirigen hacia el norte. Por el camino, el grupo se hace más grande. Nour va siendo consciente de la ley del desierto: los más fuertes sobreviven, mientras que los débiles mueren en los bordes del camino. Conoce a un guerrero de Chinguetti que se quedó ciego durante una batalla con los cristianos y que espera recuperar la vista gracias al cheij. Nour le ofrece su ayuda y lo guía.

El general Moinier comanda las tropas encargadas de enfrentarse a los rebeldes de Ma-el-Ainin. Se describe a este como el mayor adversario de los cristianos y como el asesino de un gobernador llamado Coppolani. El 21 de junio el batallón parte en busca del ejército de Ma-el-Ainin. Se produce una auténtica matanza durante la cual el guerrero ciego pierde la vida.

Unos días más tarde, los hijos de Ma-el-Ainin huyen mientras el cheij agoniza. El viento anuncia la desgracia venidera. Cuando cesa, la angustia es aún más imperante. Nour, instintivamente, se dirige a casa de su jefe, al que acompaña hacia la muerte. Una parte de los supervivientes de la caravana continúa entonces la ruta hacia el norte. Nour los acompaña, aunque su familia ha retomado el camino del sur. Los nómadas esperan el regreso de Mulay Hiba, el León, hijo de Ma-el-Ainin, que acaba reuniéndose con ellos. Pero el grupo sufre el ataque de las tropas cristianas y se ve mermado. Entonces, Nour vuelve a irse hacia el sur con los supervivientes.

LA HISTORIA DE LALLA

Lalla, una adolescente de quince o dieciséis años, lleva una vida feliz entre sus vagabundeos por las dunas con El Hartani, las historias del viejo pescador Naman, las gaviotas a las que imagina princesas del desierto y Es Ser, el «Secreto», una presencia incorpórea y protectora que la acompaña. Pero Lalla ya no es una niña y la desagradable realidad de los adultos la alcanza. En primer lugar, su tía Aamma, en cuya casa vive en la Cité, la lleva al taller de costura de la vieja Zara para encontrarle trabajo. Sin embargo, Lalla, que no soporta la intimidante agresividad de su jefa con los empleados, se rebela y deja el taller. A continuación, un hombre le pide matrimonio, pero Lalla rechaza esta unión concertada. Finalmente, el viejo Naman muere. Este último acontecimiento y el miedo a un matrimonio forzado marcan realmente el fin de la felicidad. Entonces, Lalla huye con El Hartani, con el que decide casarse. Se marchan juntos hacia el sur, pero Lalla, en seguida, muestra signos de debilidad y ya no puede avanzar.

La volvemos a encontrar tiempo después en un barco de la Cruz Roja, de camino a Marsella, donde se va a encontrar con Aamma. Ahí descubre el miedo, el ruido, la oscuridad, los coches, los edificios, la muchedumbre... y se da cuenta de hasta qué punto la ciudad hace a las personas invisibles. Nadie la ve, pero ella observa todo. Conoce a Radicz, un mendigo de catorce años con el que entabla amistad. Este último es un profesional: su madre lo vendió a un hombre que lo formó en la mendicidad y en el robo.

Lalla encuentra trabajo como empleada de limpieza en un hotel en el que acaba instalándose. Le oculta a su jefe que está embarazada y, por la noche, se evade pensando en el Hartani, cuyo bebé lleva en el vientre, y en la mirada protectora de Es Ser. El establecimiento se sitúa sobre una empresa de pompas fúnebres; de este modo, Lalla se entera de la muerte de un hombre que vivía en el barrio de su tía. Este le recordaba a Naman y su fallecimiento conmociona a la joven. Deja el hotel y lleva a Radicz a unos grandes almacenes y a un restaurante para gastar sus ahorros: el dinero no tiene valor para ella.

En el restaurante, es abordada por un fotógrafo. Se instala en casa de este y se convierte en una estrella de las revistas bajo el nombre de su madre, Hawa. Sin embargo, le advierte que puede que cualquier día se vaya sin avisar. Puesto que no sabe ni leer ni escribir, firma los autógrafos con el dibujo de su tribu. Tras haber presenciado la brutal muerte de Radicz, atropellado por un autobús mientras huía de unos policías, Lalla decide volver al desierto. Después de semanas de tren, barco y autocar, vuelve a la Cité. Sin embargo, no entra, sino que se dirige hacia donde vivía Naman. Pasa la noche ahí y, cuando se despierta, comprende que ha llegado la hora del nacimiento. Igual que hizo su madre antes que ella, efectúa los gestos ancestrales y se cuelga de la rama de un árbol para traer al mundo a su hijo, sola. De este modo, perpetúa el ciclo de la vida.

ESTUDIO DE LOS PERSONAJES

NOUR

Nour es un adolescente, nómada, descendiente del Hombre Azul —Al Azraq— por parte de madre. Se reúne con su padre y toda su tribu en la ciudad de Smara para concentrar a las tropas de Ma el Aïnine y escapar de la invasión de los cristianos. Con la caravana del jeque, toma el camino hacia el norte. A lo largo de todo el periplo, Nour descubre la realidad del desierto y la crueldad de los hombres occidentales, cuya sed de posesión los lleva a castigar a los pueblos nómadas a los que consideran impíos.

LALLA

Lalla es una adolescente, descendiente del Hombre Azul y de Nour. Huérfana, vive en casa de su tía Aamma. Disfruta de la felicidad perfecta de una vida libre y en armonía con la naturaleza, hasta que alcanza la edad de trabajar y de casarse. Entonces, Lalla huye de la Cité con El Hartani, pero está demasiado débil. La Cruz Roja la recoge y emigra a Marsella, donde descubre el mundo occidental. Pero Lalla, por cuyas venas corre la sangre de los nómadas saharianos y el gen de la errancia, acaba volviendo al desierto, donde trae al mundo al hijo del Hartani.

EL HARTANI

El Hartani es un joven pastor negro y mudo, amigo de Lalla y padre de su hijo. Nadie sabe de dónde viene, pero el color de su piel deja suponer que es natural del sur. Cuando era un bebé, un hombre azul lo dejó cerca del pozo de la Cité y la mujer del cabrero lo recogió. Su color de piel y el hecho de que no hable son fuentes de superstición para los habitantes que ven con malos ojos su amistad con Lalla.

NAAMAN

Naaman es un viejo pescador que le cuenta historias a Lalla y le describe la ciudad de Marsella, donde él vivió y donde su hermano aún reside.

RADICZ

Radicz es un mendigo de catorce años con el que Lalla entabla amistad. Es la réplica occidental del Hartani. De niño, su madre lo vendió a un hombre sin escrúpulos. Muere atropellado por un autobús mientras huye de la policía.

MA-EL-AININ

Ma-el-Ainin es un personaje histórico cuyo nombre significa «el agua de los ojos». Es un cheij al que las tribus del desierto consideran un hombre santo y los cristianos occidentales, un fanático religioso. Recibió las enseñanzas de Al Azraq, el Hombre Azul, y fundó, según las predicciones de este, la ciudad de Smara. Es a quien se dirigen los nómadas para que los proteja de la amenaza cristiana.

ES SER – AL AZRAQ – EL HOMBRE AZUL

Al Azraq, natural del sur, formaba parte de la tribu de la bisabuela de Lalla y era el tío materno de la abuela de Nour. Era un guerrero del desierto, pero recibió la llamada de Dios y se convirtió en un santo. A partir de ese día, cambió su posición de guerrero por la de mendigo. Sin embargo, Dios dejó en su piel el color azul de sus viejas vestimentas —de ahí su apodo «el Hombre Azul»— para que todo el mundo supiera que no era un mendigo ordinario. Al Azraq también se menciona en el libro bajo el nombre de Es Ser, que significa «el Secreto», la mirada protectora que Lalla siente sobre ella.

CLAVES DE LECTURA

UN RELATO HISTÓRICO Y NOVELESCO

Desierto es inicialmente una novela histórica, ya que Le Clézio se basa en parte en hechos y personajes reales. Por otra parte, estos se sitúan temporal y geográficamente de manera precisa:

- Ma-el-Ainin es un cheij sahariano que vivió de finales del siglo XIX al comienzo del siglo XX y que se opuso a los colonizadores occidentales apelando a la guerra santa. Es el fundador de la ciudad de Smara. Presuntamente fue quien asesinó al comisario francés de Mauritania, Xavier Coppolani, en 1905. Muere el 23 de octubre de 1910 en Tiznitz, igual que en la novela;
- el gerenal Moinier es el general al frente del ejército francés. Realmente condujo la batalla de Oued Tadla que diezmó a miles de marroquíes y puso fin a las veleidades del cheij;
- Camille Douls es el primer explorador occidental que conoció al cheij Ma-el-Ainin en 1887;
- el 30 de marzo de 1912 en Agadir tiene lugar un acontecimiento determinante en la historia de Marruecos, puesto que el sultán se ve obligado a aceptar un tratado de protectorado concediendo a España una zona de influencia.

Pero la obra de Le Clézio también es un relato novelesco, ya que aunque ciertos capítulos se basan en hechos históricos, la mayor parte de la historia es ficción y solo proviene de la imaginación del autor.

LA RELACIÓN DEL HOMBRE CON EL MUNDO: OPOSICIÓN ENTRE OCCIDENTE Y EL MUNDO ÁRABE

La relación con la naturaleza

Los pueblos del desierto viven en armonía con la naturaleza: Nour y Lalla son sensibles a los elementos. El viento es uno de los más significativos en la novela, ya sea como presagio positivo o negativo. Por ejemplo, cuando para repentinamente anuncia el fallecimiento de Ma-el-Ainin. Nour, Lalla y sus compañeros también tienen una relación muy carnal con la naturaleza: adoran sentir el viento o el sol sobre la piel, y Lalla, cuando entra en la Cité, se quita los zapatos para sentir la arena en los pies. Se ve el desierto como un espacio totalmente abierto y luminoso, así como silencioso.

Los occidentales evolucionan en ciudades grises donde el espacio está saturado de inmuebles y ruidos de todo tipo: coches, lenguas de todos los países que se entremezclan, etc. Los habitantes de las ciudades son invisibles y ni ven a los que los rodean. También les faltan elementos vitales, de los que ya no se dan cuenta. Están apagados.

La relación con el dinero

Para los nómadas y sus descendientes de la Cité, la posesión no es una meta: el desierto no pertenece a nadie, salvo a Dios. Los hombres están de paso por él y no deben reivindicar su propiedad. En cuanto a Lalla, el dinero no tiene ningún valor para ella: bien lo gasta tan rápido como lo gana, bien lo rechaza o no acepta más de lo que realmente necesita para vivir.

Los occidentales están obnubilados por la sed de conquista y el dinero es su dios. Los colonizadores se reparten el desierto y los países de África sin preocuparse de las tribus que los pueblan. Por otro lado, en Marsella, los pobres se ven obligados a robar para poder sobrevivir. Siempre son los más débiles los que sucumben: los hombres de Ma-el-Ainin son exterminados por los cristianos mientras que Radicz muere perseguido por la policía.

TEMAS SOCIALES

Desierto trata un gran número de asuntos cruciales para la sociedad.

El lugar de la mujer en el mundo árabe

En el relato dedicado a la guerra santa, apenas se alude a la mujer. El lugar predominante le es concedido al hombre: el guerrero, el jefe de la tribu. Las escasas alusiones femeninas se refieren, por lo general, a las madres.

En la parte contemporánea, el acento, en cambio, se pone sobre las mujeres, pero a pesar de eso, su lugar no parece haber evolucionado. Sin embargo, el contexto ya no es el mismo y cierto deseo de emancipación nace en Lalla: rechaza el porvenir predefinido que se le construye; se rebela contra las condiciones de trabajo que se le imponen; se niega a casarse forzadamente con un hombre rico del que no sabe nada. Lalla toma las riendas de su vida eligiendo ella misma a El Hartani como marido y, al no poder continuar el camino, persigue sus sueños de infancia emigrando a Marsella. No obstante, la tradición y el instinto son lo más fuerte: vuelve al desierto para traer a su hijo al mundo. Por lo tanto, su emancipación es de corta duración, aunque podemos imaginar que Lalla tiene un destino particular, puesto que se encuentra sola, sin familia, con un niño que criar.

La inmigración

Desierto aborda el tema de la inmigración a través del exilio de Lalla y de Aamma. Los habitantes de la Cité ven Occidente como un El Dorado. Las historias del viejo Naman no están alejadas de estas creencias. Pero la novela muestra hasta qué punto la realidad es otra una vez se está en el lugar: los emigrantes son tratados como ganado, transportados en barco, aparcados al llegar, interrogados, etc. Además, la riqueza esperada brilla por su ausencia y las ciudades de neones luminosos son en realidad grises y faltas de personalidad.

La extrema pobreza

Los capítulos que se sitúan en la ciudad de Marsella se interesan muy particularmente por los marginales que viven en una precariedad extrema, los excluidos de la sociedad. Están representados por los emigrantes reagrupados en una especie de barrio gueto (La Canasta), por los inquilinos del hotel Sainte-Blanche donde trabaja Lalla y, sobre todo, por Radicz, que representa la mendicidad organizada.

PISTAS PARA LA REFLEXIÓN

ALGUNAS PREGUNTAS PARA PROFUNDIZAR EN SU REFLEXIÓN...

- Explique por qué la primera parte de la novela se titula «La felicidad».
- ¿Qué papel(es) desempeñan los elementos en la vida de los hombres del desierto? Explique su respuesta basándose en la función del viento, en particular. Ilustre su reflexión con pasajes pertinentes.
- ¿Cómo puede describir el lugar de la mujer en la sociedad árabe según los dos relatos? ¿Percibe una evolución?
- Describa y compare a los personajes del Hartani y Radicz.
- Ambos relatos, dedicados a Nour y a Lalla, cuentan la historia de una huída. ¿Qué similitudes y qué diferencias caracterizan estos dos exilios?
- Explique y compare el modo en que los pueblos árabes perciben Occidente a comienzos del siglo XX y en el albor de los años ochenta.
- Los relatos se desarrollan en parte en el desierto y en parte en Marsella. ¿Cómo se describen estos dos espacios?
- Ma-el-Ainin es considerado por los suyos como un hombre santo y por los occidentales como un fanático religioso. Basándose en la novela, ¿qué lazos puede establecer con acontecimientos y personalidades de nuestro mundo actual?
- Explique quién es Al Azraq y su relación con los diferentes personajes: Ma-el-Ainin, Nour y Lalla.

¡Su opinión nos interesa!
¡Deje un comentario en la página web de su librería en línea,
y comparta sus favoritos en las redes sociales!

PARA IR MÁS ALLÁ

EDICIÓN DE REFERENCIA

- Le Clézio, Jean-Marie Gustave. 2008. *Desierto*. Traducción de Alberto Conde. Barcelona: Tusquets.

ResumenExpress.com

GUÍA DE LECTURA

Muchas más guías para descubrir tu pasión por la literatura

www.resumenexpress.com

© **ResumenExpress.com, 2016. Todos los derechos reservados.**

www.resumenexpress.com

ISBN ebook: 9782806287151

ISBN papel: 9782806287168

Depósito legal: D/2016/12603/626

Cubierta: © Primento

Libro realizado por Primento, *el socio digital de los editores*